CW01207573

2

Simon Lirti

Il labirinto di Vetro

Titolo: Il labirinto di Vetro.

Autore: Simon Lirti

© Tutti i diritti riservati all'Autore
Nessuna parte di questo libro può essere riprodotta senza il preventivo assenso dell'Autore.

Prima edizione: Dicembre 2023

Indice:

1. **Misteri all'Apertura.**
   Il Ritrovamento Insolito.
   Sussurri tra i Corridoi.
2. **Occhi Nascosti.**
   Sorveglianza Inaspettata.
   Segni e Simboli.
3. **Passi nella Notte.**
   Inseguimenti Sotterranei.
   La Stanza Segreta.
4. **Sospetti e Congetture.**
   Interrogatori e Dubbi.
   Collegamenti Pericolosi.
5. **Ombre del Passato.**
   Rivelazioni Sconvolgenti
   Vecchie Storie, Nuovi Indizi
6. **Il Gioco si Intensifica.**
   Trappole e Inganni.
   Un Incontro Inatteso.
7. **Verità Nascoste.**
   Il Diario Perduto.
   Confessioni Notturne.
8. **Corsa contro il Tempo.**
   Il Complotto si Svela.

L'Ultima Mossa.

9. Luci nell'Ombra.
Risoluzioni e Conseguenze.
Nuovi Inizi.

Capitolo 1
Misteri all'Apertura.

1.1

Il Ritrovamento Insolito.

Era un martedì mattina come tanti altri alla Galleria delle Ombre. I negozi stavano aprendo, i primi clienti iniziavano ad affluire, e un'aria di normalità pervadeva i corridoi. Tuttavia, sotto questa patina di ordinarietà, qualcosa di inaspettato stava per accadere.

Marta, addetta alle pulizie da oltre dieci anni, era abituata a ogni sorta di ritrovamenti: monete perse, giocattoli dimenticati, talvolta persino piccoli gioielli. Quella mattina, però, mentre passava il mocio lungo il corridoio che conduceva al settore elettronico, notò qualcosa di strano. Era una piccola scatola di legno, nascosta sotto una panchina, quasi a voler sfuggire a sguardi indiscreti.

Curiosa, Marta si chinò per raccoglierla. La scatola era finemente lavorata, con incisioni che sembravano raccontare una storia, figure astratte che si intrecciavano in un disegno complesso. Non era serrata, così, con una cautela mista a eccitazione, la aprì.

All'interno, avvolto in un pezzo di velluto scolorito, giaceva un vecchio orologio da taschino. Era di una fattura squisita, l'oro brunito dal tempo e la catena sottile come i fili di una ragnatela. Ma non era tanto l'orologio a catturare l'attenzione di Marta, quanto il biglietto piegato che lo accompagnava. Con mani tremanti, lo aprì e lesse:

"Per chi trova questo orologio – La verità si nasconde tra le ombre."

Confusa e leggermente spaventata, Marta guardò intorno, cercando qualche segno che potesse spiegarle il ritrovamento. Non c'era nessuno. Con l'orologio ancora in mano, decise di portarlo al direttore del centro commerciale, pensando che forse avrebbe saputo cosa fare.

Mentre attraversava i corridoi ormai più affollati, non poteva fare a meno di sentirsi osservata. Ogni volto che incontrava le sembrava nascondere un segreto, ogni sguardo le appariva carico di significati nascosti. L'atmosfera allegra e vivace del centro commerciale le sembrava ora velata da un'ombra sottile, un presagio di misteri ancora da svelare.

Arrivata all'ufficio del direttore, bussò con esitazione. La porta si aprì, rivelando il volto sorridente di Marco Bianchi, il direttore, un uomo sulla cinquantina, sempre impeccabile nel suo abito grigio.

"Marta, che piacere vederti! Cosa ti porta qui così presto?"

"Signor Bianchi," iniziò Marta, la voce leggermente tremante, "ho trovato questo... in corridoio." Con mano incerta, le porse la scatola aperta con l'orologio e il biglietto.

Marco prese la scatola con un'espressione di curiosità. Osservò l'orologio, poi lesse il biglietto, il suo volto trasformandosi da curioso a serio. "Interessante," mormorò, più per sé stesso che per Marta. "Hai visto qualcuno lasciarlo?"

Marta scosse la testa. "No, signor Bianchi. Era sotto una panchina. Non sembra di nessuno qui."

Marco posò la scatola sulla scrivania, soffermandosi un attimo in silenzio. "Bene, grazie per avermelo portato. Me ne occuperò io. Potrebbe essere un oggetto dimenticato da qualche cliente... o qualcosa di più."

"Qualcosa di più, signore?" chiese Marta, non nascondendo una certa apprensione.

"Potrebbe essere parte di qualche promozione o evento speciale che qualcuno sta organizzando. Non ti preoccupare, Marta, lo scoprirò." Il direttore sorrise, cercando di rassicurarla.

Marta annuì, non completamente convinta, ma sapendo di aver fatto la sua parte. Si congedò, tornando ai suoi doveri quotidiani, ma con la mente ancora piena di domande.

Marco Bianchi rimase solo nel suo ufficio, fissando la scatola. L'orologio sembrava avere più di una semplice storia alle spalle, e il biglietto... quel biglietto era decisamente insolito. Con un sospiro, prese il telefono e compose un numero.

"Tommaso, ho qualcosa che potrebbe interessarti," disse non appena la chiamata fu risposta. "Un piccolo mistero qui alla Galleria delle Ombre."

.

1.2

Sussurri tra i Corridoi

Il pomeriggio alla Galleria delle Ombre era un vortice di attività. I negozi sfavillavano sotto luci brillanti, la musica soffusa si mescolava ai rumori della folla, e tra i corridoi si diffondeva una frenetica energia. Tuttavia, non appena si faceva sera e i clienti iniziavano a diradarsi, un'atmosfera diversa iniziava a permeare l'aria.

Alice Moretti, giovane e ambiziosa impiegata della boutique di moda "Eclisse", notò qualcosa di insolito mentre chiudeva il negozio. Era stata una giornata come tante altre, piena di clienti esigenti e compiti ripetitivi. Ma mentre abbassava la saracinesca, udì dei sussurri provenienti dal corridoio.

Curiosa, Alice si avvicinò all'entrata del negozio, cercando di individuare la fonte di quei sussurri. Si sporse appena fuori, scrutando il corridoio semi-deserto. La Galleria, con la sua illuminazione dimezzata, sembrava quasi un labirinto di ombre e luci. I sussurri sembravano ondeggiare nell'aria, quasi come se le pareti stesse stessero parlando.

"Non è niente che tu debba sapere, Alice," disse una voce dietro di lei. Era Carla, una collega più anziana, con un sorriso che non raggiungeva i suoi occhi.

Alice si voltò di scatto. "Hai sentito anche tu?"

Carla rise sotto i baffi. "In questo posto, si sentono sempre cose strane dopo il tramonto. Storie, pettegolezzi, qualche volta segreti... ma è meglio non ficcare il naso dove non ci riguarda."

Alice non era convinta. "Ma se fosse qualcosa di importante?"

"Se fosse importante, ci riguarderebbe direttamente," replicò Carla, chiudendo definitivamente la saracinesca. "Vieni, lasciamo che i fantasmi della Galleria si tengano i loro sussurri."

Nonostante le parole di Carla, Alice non riusciva a scrollarsi di dosso la curiosità. Mentre camminavano insieme verso l'uscita, non poteva fare a meno di guardarsi intorno, cercando di cogliere altri frammenti di conversazioni o indizi.

Una volta uscita dalla Galleria, l'aria fresca della sera la colpì come un benvenuto ritorno alla realtà. Ma il pensiero dei sussurri rimaneva, annidato nella sua mente come un enigma irrisolto.

Quella notte, a casa, Alice rimuginò a lungo su ciò che aveva sentito. Non era tipo da credere ai fantasmi o alle storie di fantasie, ma c'era qualcosa in quei sussurri che non riusciva a scacciare. Si addormentò con l'eco di quelle voci indistinte che le sussurravano nei sogni, promettendo misteri nascosti nei corridoi della Galleria.

Il giorno seguente, mentre apriva il negozio, la curiosità di Alice era a livelli massimi. Decise di fare qualche domanda in giro, iniziando dalle commesse dei negozi vicini. Ma le risposte erano sempre le stesse: sorrisi vaghi, scuotimenti di testa, e suggerimenti di non badare troppo alle chiacchiere.

Tuttavia, una conversazione catturò la sua attenzione. Mentre prendeva un caffè nella pausa, udì due guardie di sicurezza parlare in tono basso. Non riusciva a sentire ogni parola, ma colse frasi come "strano ritrovamento" e "direttore preoccupato". Il loro sguardo era serio, quasi preoccupato, molto diverso dalla noncuranza generale degli altri lavoratori della Galleria.

Alice si rese conto che quello che stava succedendo alla Galleria delle Ombre era più di semplici pettegolezzi o rumori notturni. C'era qualcosa di tangibile, qualcosa che le persone sapevano ma non volevano discutere apertamente. Decise di indagare più a fondo, determinata a scoprire il segreto che si nascondeva tra quelle mura.

Mentre il sole tramontava di nuovo, e i corridoi si svuotavano, Alice sentì nuovamente i sussurri. Questa volta, però, non era sola. Un'ombra si muoveva furtiva tra le vetrine chiuse, quasi come se stesse seguendo il suono delle voci.

Con il cuore che batteva forte, Alice seguì l'ombra, muovendosi silenziosamente tra le luci soffuse. I sussurri si facevano più forti, più chiari, come se la stessero guidando. E in quel momento, capì che quello che stava per scoprire avrebbe cambiato tutto ciò che pensava di sapere sulla Galleria delle Ombre.

Capitolo 2
Occhi Nascosti.

2.1

Sorveglianza Inaspettata.

Le giornate alla Galleria delle Ombre seguivano il solito ritmo frenetico, ma per Tommaso Vezzi, il detective privato incaricato di indagare sul misterioso ritrovamento, ogni momento trascorso tra quei corridoi era un tassello aggiunto al puzzle che stava cercando di risolvere. Tommaso era un uomo di media statura, con occhi penetranti e movimenti calcolati, che non passava inosservato nonostante i suoi sforzi di mimetizzarsi tra la folla.

Quella mattina, mentre osservava la folla dal secondo piano, notò qualcosa di insolito: una telecamera di sorveglianza che, invece di puntare verso le aree comuni, era rivolta in modo strano, quasi a focalizzarsi su un particolare negozio. Questo dettaglio non sfuggì all'occhio addestrato di Tommaso.

Si avvicinò discretamente alla telecamera, fingendo di osservare le vetrine. La posizione anomala della telecamera poteva essere un errore, ma l'istinto gli suggeriva che c'era qualcosa di più. Decise di approfondire, dirigendosi verso l'ufficio della sicurezza.

L'ufficio era un piccolo locale posto in un angolo remoto della Galleria, quasi nascosto dietro una serie di corridoi secondari. Tommaso bussò alla porta e venne accolto da un uomo robusto in uniforme, che si presentò come il capo della sicurezza, Luca Moretti.

"Posso aiutarti?" chiese Luca, con un tono professionale ma leggermente sospettoso.

Tommaso estrasse il suo tesserino da investigatore. "Sto indagando su un recente ritrovamento qui nella Galleria. Ho notato qualcosa di strano riguardo una delle vostre telecamere di sorveglianza. Potrei dare un'occhiata al vostro sistema di sicurezza?"

Luca lo scrutò per un momento, poi annuì. "Va bene, seguimi."

Entrarono in una stanza piena di monitor che mostravano varie angolazioni della Galleria. Tommaso si avvicinò ai monitor, cercando la telecamera che aveva notato. Quando la trovò, chiese di vedere le registrazioni degli ultimi giorni.

Mentre scorrevano le immagini, Tommaso osservò attentamente la folla, cercando qualcosa di fuori dall'ordinario. Improvvisamente, si fermò. "Ecco, ferma qui," disse, indicando lo schermo.

Su uno dei monitor, una figura incappucciata appariva e scompariva tra la folla, muovendosi con un'agilità quasi felina, evitando gli sguardi diretti delle persone intorno. Ogni tanto, si fermava, guardandosi intorno con attenzione, come se cercasse qualcuno o qualcosa.

"Chi è quella persona?" chiese Tommaso, indicando la figura incappucciata.

Luca osservò lo schermo per qualche istante. "Non ne ho idea. Non sembra uno dei nostri addetti alla sicurezza o un dipendente della Galleria."

Tommaso annuì, pensieroso. "Puoi andare avanti con il filmato?"

Continuarono a guardare le immagini, e la figura incappucciata appariva a intervalli regolari, sempre nello stesso modo enigmatico. In un certo punto, si fermò davanti a una boutique di moda, osservandola per diversi minuti prima di allontanarsi rapidamente non appena qualcuno si avvicinava.

"Quel negozio... è lo stesso di fronte al quale è posizionata stranamente la telecamera," osservò Tommaso.

"Vuoi che ti procuri più informazioni su questa persona?" chiese Luca, ora chiaramente interessato.

"Sì, sarebbe utile. E anche tutte le informazioni che puoi darmi su quel negozio e sul personale che ci lavora."

Luca annuì, prendendo nota. "Farò del mio meglio. Ti farò sapere appena ho qualcosa."

Tommaso uscì dall'ufficio della sicurezza con una nuova pista da seguire. La presenza della figura incappucciata non era una coincidenza, e il suo interesse per la boutique di moda "Eclisse" suggeriva un collegamento con il misterioso ritrovamento. Doveva scoprire di più, e per farlo, avrebbe dovuto tenere d'occhio quel negozio e le persone che lo frequentavano.

Mentre camminava tra i corridoi della Galleria, Tommaso si rese conto che ogni angolo del centro commerciale poteva nascondere indizi cruciali per risolvere il puzzle che aveva di fronte. La Galleria delle Ombre stava iniziando a rivelare i suoi segreti, e lui era determinato a portarli alla luce.

2.2

Segni e Simboli.

La Galleria delle Ombre era avvolta in una quiete insolita quella sera. Dopo l'incontro con Luca, Tommaso Vezzi si muoveva con un nuovo scopo. La figura incappucciata e il negozio di moda "Eclisse" erano pezzi di un puzzle che iniziava a prendere forma nella sua mente. Ora, però, un nuovo elemento aveva catturato la sua attenzione: simboli e segni che iniziava a notare in giro per la Galleria.

Mentre passeggiava lungo i corridoi, osservava con attenzione ogni dettaglio. I segni sembravano essere ovunque una volta che iniziava a cercarli: piccoli graffi sulle pareti, simboli quasi cancellati sui pavimenti, piccole etichette sui prodotti che sembravano non avere senso.

Uno in particolare attirò la sua attenzione. Era un simbolo complesso, un cerchio con linee che si intrecciavano in un disegno che ricordava un antico sigillo. Lo trovò graffito dietro una panchina, nello stesso posto dove era stata trovata la scatola con l'orologio.

Tommaso estrasse il suo smartphone e scattò una foto del simbolo. C'era qualcosa di familiare in quel disegno, qualcosa che aveva già visto in passato, ma non riusciva a ricordare dove o quando.

Decise di fare una ricerca su internet. Sedutosi in un angolo tranquillo della Galleria, tirò fuori il portatile e iniziò a cercare. Dopo vari tentativi, trovò una corrispondenza: il simbolo era un antico sigillo alchemico, legato a concetti di trasformazione e segreti nascosti. Questo lo portò a riflettere: era possibile che il misterioso ritrovamento, la figura incappucciata, e questi simboli fossero tutti collegati?

Doveva approfondire la questione. Forse la biblioteca cittadina avrebbe potuto offrirgli più informazioni. Con un nuovo obiettivo in mente, Tommaso chiuse il laptop e si alzò, deciso.

Prima di lasciare la Galleria, però, si diresse verso il negozio "Eclisse". Voleva dare un'altra occhiata, vedere se c'erano altri segni o simboli che potevano essergli sfuggiti. Il negozio era chiuso, ma attraverso la vetrina poteva vedere l'interno.

Fu allora che notò qualcosa di strano: sulla parete di fondo, quasi nascosta da un manichino, c'era un altro simbolo, simile a quello che aveva trovato. Era più grande e più chiaro, come se fosse stato disegnato di recente.

Tommaso sentì l'adrenalina salire. C'era decisamente più di quanto apparisse in quella boutique. Doveva parlare con qualcuno che lavorava lì, forse la ragazza che aveva visto il giorno prima, Alice Moretti. Lei potrebbe sapere qualcosa di più su quel simbolo, o perlomeno su ciò che accadeva nel negozio.

Con questi pensieri che gli ronzavano in testa, Tommaso lasciò la Galleria. La notte era calata completamente, e le luci soffuse dei lampioni esterni gettavano ombre lunghe sui marciapiedi. Mentre si allontanava, non poteva fare a meno di sentirsi osservato. Girò lo sguardo indietro, ma non vide nulla di insolito.

La mattina seguente, Tommaso arrivò presto alla Galleria. Decise di attendere l'apertura del negozio "Eclisse" per parlare direttamente con Alice. Mentre aspettava, i suoi pensieri tornavano ai segni e ai simboli. Cosa significavano? Chi li aveva lasciati lì, e perché? E soprattutto, come si collegavano al misterioso orologio e alla figura incappucciata?

Quando Alice arrivò per aprire il negozio, Tommaso le si avvicinò. Lei lo guardò con curiosità, chiaramente sorpresa nel vederlo lì così presto.

"Buongiorno, sono Tommaso Vezzi, un investigatore privato," si presentò, mostrandole il suo tesserino. "Potrei farti qualche domanda riguardo al tuo negozio e alcune... anomalie che ho notato?"

Alice lo guardò con una miscela di sorpresa e interesse. "Certo, signor Vezzi. Entri pure."

Dentro il negozio, Tommaso le mostrò la foto del simbolo che aveva trovato e le chiese se ne avesse mai visti di simili. Alice guardò la foto con attenzione, poi annuì lentamente.

"Sì, ho visto qualcosa di simile qui nel negozio. Non avevo idea di cosa fosse, ma qualche volta mi sono chiesta se avesse un significato."

"Mi potresti mostrare dove l'hai visto?"

Alice lo condusse verso la parete di fondo, spostando il manichino. Lì, il simbolo era chiaramente visibile, tracciato con precisione sulla parete.

Mentre Tommaso esaminava il simbolo, sentì crescere la convinzione che stava finalmente iniziando a comprendere la natura del mistero che avvolgeva la Galleria delle Ombre. Ogni segno, ogni simbolo era un pezzo di un enigma che stava lentamente venendo alla luce, e lui era determinato a risolverlo.

Capitolo 3
Passi nella Notte.

3.1

Inseguimenti Sotterranei.

La notte avvolgeva la Galleria delle Ombre in un manto di silenzio e buio. Tommaso Vezzi, il detective privato, si muoveva con cautela nei sotterranei del centro commerciale, un luogo che di giorno era ignorato e dimenticato. Armato di una torcia elettrica e di un senso acuto per il dettaglio, Tommaso era determinato a scoprire i segreti nascosti in quelle profondità.

I corridoi sotterranei erano un dedalo di passaggi e stanze abbandonate, echi di un tempo in cui la Galleria era stata qualcosa di diverso. La luce della torcia di Tommaso danzava sulle pareti, rivelando vecchi cartelli, porte arrugginite, e graffiti indecifrabili. Ogni tanto, il suono delle sue scarpe contro il pavimento freddo veniva accompagnato da un distante gocciolare d'acqua, l'unico segno di vita in quel labirinto di cemento.

Mentre avanzava, un rumore attirò la sua attenzione: passi rapidi che risuonavano nel corridoio di fronte a lui. Spense immediatamente la torcia, celando la sua presenza nell'oscurità. I passi si avvicinavano, leggeri ma veloci, come se qualcuno stesse cercando di muoversi inosservato.

Tommaso rimase immobile, ascoltando. Quando i passi furono abbastanza vicini, sporse la testa da dietro l'angolo, giusto in tempo per vedere una figura incappucciata svoltare in un corridoio laterale. Senza esitare, iniziò a seguirla, mantenendo una distanza di sicurezza.

L'inseguimento lo portò attraverso i meandri dei sotterranei, passando per vecchie stanze di stoccaggio e aree di servizio ormai in disuso. La figura incappucciata si muoveva con una confidenza che suggeriva una conoscenza intima di quel labirinto.

Alla fine, la figura si fermò davanti a una porta di metallo, pesante e imponente. Estrasse una chiave da una tasca e aprì la porta con un gesto fluido, entrando rapidamente. Tommaso aspettò qualche istante prima di seguire, il cuore che batteva forte per l'adrenalina.

Dentro la stanza, la luce della sua torcia rivelò una scena inaspettata. Le pareti erano ricoperte di mappe della Galleria e foto di vari negozi, alcune contrassegnate con simboli che Tommaso aveva già visto. Al centro della stanza, un tavolo era coperto di documenti, vecchi libri, e strani artefatti.

La figura incappucciata si era tolta il cappuccio, rivelando una donna di mezza età con capelli corti e scuri, concentrata su un antico libro aperto davanti a lei. Non sembrava aver notato l'arrivo di Tommaso.

Tommaso si schiarì la gola per annunciare la sua presenza. La donna si voltò di scatto, sorpresa. I suoi occhi mostravano un misto di paura e determinazione.

"Chi sei?" chiese con voce ferma, pur mantenendo un tono di cautela.

"Sono Tommaso Vezzi, un investigatore privato. Sto indagando su alcuni eventi strani che stanno accadendo qui nella Galleria," rispose lui, cercando di sembrare il meno minaccioso possibile.

La donna lo osservò attentamente, come se valutasse se potesse fidarsi di lui o meno. Dopo un lungo momento di silenzio, abbassò la guardia.

"Mi chiamo Elena. E temo che tu sia incappato in qualcosa di molto più grande e pericoloso di quanto tu possa immaginare," disse con una voce che tradiva un senso di urgenza.

Tommaso si avvicinò al tavolo, osservando i materiali sparsi su di esso. "Cosa sta succedendo qui, Elena? Cosa sono tutti questi simboli e queste mappe?"

Elena esitò, poi iniziò a parlare. Le sue parole svelarono una storia intricata di segreti nascosti, di una società segreta che operava all'interno della Galleria, e di un antico mistero che aveva radici ben più profonde di quanto Tommaso avesse mai immaginato.

Mentre ascoltava, Tommaso capì che il mistero dell'orologio e dei simboli nascosti era solo la punta dell'iceberg. C'era molto di più da scoprire, e ora sapeva che non avrebbe potuto farlo da solo. Doveva collaborare con Elena per svelare i segreti della Galleria delle Ombre.

3.2

La Stanza Segreta.

Dopo la rivelazione di Elena sui segreti che si celavano nei sotterranei della Galleria delle Ombre, Tommaso Vezzi si sentì come se una porta su un mondo nascosto si fosse appena aperta davanti a lui. La stanza in cui si trovavano era un vero e proprio centro nevralgico di informazioni, un luogo segreto dove i fili di innumerevoli misteri si intrecciavano.

Elena, con una miscela di cautela e fiducia, aveva deciso di rivelare a Tommaso l'esistenza di una stanza ancora più segreta, un luogo che pochi conoscevano e che era il cuore del mistero che avvolgeva la Galleria.

"Devi vedere con i tuoi occhi per capire davvero," disse Elena, accendendo una piccola lampada a batteria. "Seguimi."

Tommaso la seguì attraverso un corridoio nascosto dietro una libreria mobile. Il passaggio era stretto, e le pareti erano ricoperte di vecchie mappe della città e schizzi di progetti architettonici. Dopo alcuni minuti di cammino, arrivarono davanti a una porta antica, massiccia, con un vecchio lucchetto.

Elena estrasse una chiave dal suo cappotto e aprì la porta con un gesto sicuro. La stanza che si aprì davanti a loro era diversa da tutto ciò che Tommaso si aspettava. Non era grande, ma ogni centimetro era ricoperto di simboli, testi antichi e strani dispositivi.

Al centro della stanza c'era un tavolo rotondo, su cui erano disposti diversi oggetti che sembravano antichi artefatti. Sulle pareti erano appesi quadri che ritraevano scene storiche, molti dei quali avevano simboli simili a quelli che Tommaso aveva visto nel centro commerciale.

"Questo luogo," iniziò Elena, "è stato usato per generazioni da coloro che conoscono i segreti della Galleria. È qui che si riunivano, dove studiavano e dove nascondevano ciò che non doveva essere trovato."

Tommaso si avvicinò ai quadri, osservandoli attentamente. "Questi simboli... sono gli stessi che ho trovato."

"Sì," confermò Elena. "Sono antichi, e ognuno ha un significato specifico. Sono collegati a una società segreta che ha operato qui per secoli, influenzando gli eventi della città in modi che nessuno può immaginare."

Mentre Tommaso assorbiva le informazioni, il suo sguardo fu catturato da un piccolo cofanetto posato su uno scaffale. Lo aprì con cura, rivelando all'interno un orologio da taschino identico a quello trovato da Marta.

"Questo... è lo stesso orologio," mormorò, sorpreso.

"Era di mio nonno," disse Elena, avvicinandosi. "È

più di un semplice orologio. È un simbolo, un'eredità lasciata dalla società segreta. Mio nonno era uno dei loro membri di spicco, e prima di morire, mi ha affidato la custodia di questo luogo e dei suoi segreti."

Tommaso osservò l'orologio più da vicino. Era finemente lavorato, con incisioni delicate che formavano simboli simili a quelli sulle pareti della stanza. "E questo ritrovamento... è collegato a tutto questo?"

"Esattamente," rispose Elena. "Quel ritrovamento non è stato un caso. Qualcuno sta cercando di svelare i segreti che abbiamo custodito per anni. E temo che ciò possa portare a conseguenze imprevedibili."

Mentre parlava, i suoi occhi riflettevano una profonda preoccupazione, un senso di urgenza che Tommaso poteva facilmente percepire. "Cosa dobbiamo fare?" chiese, conscio che ormai era troppo coinvolto per fare un passo indietro.

"Dobbiamo scoprire chi sta dietro a tutto questo e quali sono le loro intenzioni," rispose Elena con determinazione. "E dobbiamo farlo prima che sia troppo tardi."

Tommaso annuì, sentendo il peso della responsabilità sulle sue spalle. La stanza segreta, con i suoi misteri e i suoi segreti, era ora parte del suo mondo. Era determinato a proteggerla e a scoprire la verità dietro agli strani eventi che turbavano la Galleria delle Ombre.

Capitolo 4
Sospetti e Congetture.

4.1

Interrogatori e Dubbi.

La mattina seguente, la Galleria delle Ombre era un vortice di attività come al solito, ma per Tommaso Vezzi e Alice Moretti, c'era una tensione nell'aria che rendeva tutto diverso. Dopo le rivelazioni nella stanza segreta, era chiaro che il mistero si estendeva ben oltre ciò che avevano immaginato. Era tempo di fare alcune domande difficili e cercare di far luce su quegli oscuri segreti.

Tommaso decise di iniziare con gli interrogatori dei dipendenti della Galleria, iniziando da quelli del negozio "Eclisse". Con Alice al suo fianco, cominciarono ad intervistare i lavoratori, cercando di scoprire se qualcuno avesse notato comportamenti insoliti o presenze sospette nei giorni precedenti.

Le domande di Tommaso erano precise, calibrate per catturare anche la più minima esitazione o incongruenza nelle risposte. Tuttavia, la maggior parte dei dipendenti sembrava sinceramente ignara di qualsiasi cosa fuori dall'ordinario. Parlavano di clienti, consegne, promozioni, ma niente che potesse essere collegato ai misteriosi eventi.

Alice, nel frattempo, teneva d'occhio le reazioni dei suoi colleghi. Notò che uno di loro, un ragazzo di nome Marco, sembrava particolarmente nervoso. Ogni volta che la conversazione si spostava su argomenti legati agli eventi recenti, lui diventava visibilmente teso e guardava continuamente verso la porta, come se temesse che qualcuno potesse entrare in qualsiasi momento.

Decisa, Alice si avvicinò a Marco non appena ebbe l'occasione. "Marco, posso parlarti un momento?" chiese con un tono amichevole.

Marco la guardò, cercando di mascherare il suo disagio con un sorriso. "Certo, Alice, cosa c'è?"

Alice lo condusse in un angolo tranquillo del negozio. "Ho notato che sei un po' nervoso ultimamente. C'è qualcosa che ti preoccupa? Qualcosa che riguarda la Galleria?"

Marco esitò, guardandosi intorno prima di rispondere. "Non so di cosa stai parlando, Alice. Sto bene, davvero."

Ma Alice non era convinta. "Marco, se c'è qualcosa che sai, è importante che lo dica. Potrebbe essere collegato a ciò che sta succedendo nella Galleria."

Dopo un lungo momento di silenzio, Marco cedette. "Ok, c'è una cosa," ammise con un filo di voce. "Ultimamente ho visto persone strane aggirarsi dopo l'orario di chiusura. Sembrano interessate a qualcosa di più dei semplici acquisti. Non so chi siano, ma mi danno una brutta sensazione."

Le parole di Marco accrebbero i dubbi e le preoccupazioni di Alice e Tommaso. Chi erano queste persone? E quale era il loro interesse nella Galleria delle Ombre?

Con più domande che risposte, Tommaso e Alice decisero di approfondire. Dovevano scoprire chi fossero queste persone e cosa cercavano. L'orologio ritrovato, i simboli misteriosi, e ora questi individui sospetti – tutti sembravano collegati in un intricato puzzle che solo ora iniziavano a comprendere.

Mentre il giorno volgeva al termine, Tommaso si sentiva sempre più convinto che la chiave per risolvere il mistero si nascondesse da qualche parte tra le ombre della Galleria. La sensazione che qualcosa di grande e pericoloso si stesse muovendo sotto la superficie era palpabile.

Alice, dal canto suo, si sentiva divisa tra il suo ruolo di dipendente e il desiderio di aiutare Tommaso a scoprire la verità. Ogni informazione che riusciva a raccogliere, ogni piccolo dettaglio, poteva essere il pezzo mancante che avrebbe aiutato a fare luce sugli eventi misteriosi.

Mentre lasciavano il negozio "Eclisse", Alice si voltò a guardare Marco, che stava sistemando alcune scatole. "Stai attento," gli disse con un tono serio. Marco annuì, mostrando un sorriso incerto.

Tommaso mise una mano sulla spalla di Alice. "Faremo del nostro meglio per risolvere questo mistero," le promise. "Ma dobbiamo essere prudenti. Chiunque sia dietro a tutto questo potrebbe essere più pericoloso di quanto immaginiamo."

La Galleria delle Ombre chiuse i battenti per la notte, ma per Tommaso e Alice, il lavoro era appena iniziato. La ricerca della verità li avrebbe portati ancora più in profondità nel cuore oscuro del centro commerciale, dove segreti sepolti attendevano di essere svelati.

4.2

Collegamenti Pericolosi.

La notte avvolgeva ancora la Galleria delle Ombre quando Tommaso Vezzi e Alice Moretti si incontrarono in un caffè poco distante dal centro commerciale. L'aria era carica di tensione; i recenti interrogatori avevano sollevato più domande che risposte, e il sentore di una minaccia imminente era tangibile.

Seduti a un tavolino appartato, i due ripassavano gli eventi degli ultimi giorni. "C'è qualcosa che non quadra," disse Tommaso, frugando tra i suoi appunti. "Tutti questi elementi - l'orologio, i simboli, le persone sospette... Devono essere collegati, ma non riesco a vedere il quadro completo."

Alice annuì, la mente ancora concentrata sulle parole di Marco. "E se ci fosse un legame tra il negozio e queste persone? Marco ha detto di averli visti aggirarsi dopo l'orario di chiusura."

Tommaso si strofinò la mascella, pensieroso. "Potrebbe essere. Forse stanno cercando qualcosa, o qualcuno. Abbiamo bisogno di una prova, qualcosa che li colleghi direttamente al mistero della Galleria."

Decisero di tornare alla Galleria quella stessa notte, sperando di sorprendere gli individui sospetti sul fatto. Muniti di torce e di un piccolo kit per le impronte digitali che Tommaso aveva portato, si avventurarono tra i corridoi bui del centro commerciale.

L'atmosfera era surreale, con le vetrine illuminate soltanto dalla luce fioca delle loro torce. Mentre si dirigevano verso il negozio "Eclisse", ogni ombra sembrava nascondere un segreto, ogni eco un sussurro misterioso.

Arrivati al negozio, notarono subito che la porta sul retro, di solito chiusa a chiave, era socchiusa. "Qualcuno è entrato," bisbigliò Alice, mentre Tommaso esaminava la serratura. Non c'erano segni di effrazione; chiunque fosse entrato aveva la chiave.

Entrarono silenziosamente, le loro torce che scandagliavano l'oscurità. All'interno, il negozio era un labirinto di scaffali e manichini che creavano strane silhouette nell'oscurità. Si divisero per cercare indizi, muovendosi con cautela tra le ombre.

Fu Alice a trovare il primo indizio: un foglio di carta parzialmente bruciato, gettato in un angolo.

Era un documento con un elenco di nomi e date, alcuni dei quali le sembravano stranamente familiari. "Tommaso, vieni a vedere questo," chiamò, cercando di non alzare troppo la voce.

Tommaso si avvicinò rapidamente, esaminando il foglio con la sua torcia. "Questi nomi... alcuni sono di dipendenti della Galleria. E queste date sembrano corrispondere a giorni in cui sono avvenuti eventi strani qui."

Mentre discutevano del ritrovamento, un rumore improvviso li fece sobbalzare: il suono di passi frettolosi provenienti dal corridoio esterno. Spensero le torce e si nascosero dietro uno scaffale, trattenendo il respiro.

Pochi istanti dopo, la porta sul retro si aprì e due figure entrarono nel negozio. Anche loro avevano delle torce e sembravano cercare qualcosa. Dal loro sussurrare, Alice e Tommaso capirono che erano preoccupati per qualcosa o qualcuno che avevano perso di vista.

Tommaso fece segno ad Alice di rimanere nascosta mentre lui cercava di avvicinarsi per ascoltare meglio. I due sconosciuti parlavano di un "oggetto" che dovevano recuperare e di "istruzioni" che dovevano seguire. Non era chiaro a cosa si riferissero, ma era evidente che fossero collegati ai misteriosi eventi della Galleria.

Prima che Tommaso potesse scoprire di più, uno degli sconosciuti si girò all'improvviso, quasi come se avesse sentito qualcosa. In quel momento, Tommaso si rese conto che non potevano rischiare di essere scoperti e fece segno ad Alice di uscire in silenzio.

Una volta fuori dal negozio, i due si guardarono. "Abbiamo un collegamento," disse Tommaso, il volto teso. "Queste persone sono chiaramente coinvolte. E hanno parlato di un oggetto... potrebbe essere l'orologio?"

Alice annuì. "O qualcos'altro che ancora non conosciamo. Dobbiamo stare attenti, Tommaso. Questo sta diventando più pericoloso di quanto pensassimo."

Con la promessa di indagare ulteriormente e con più precauzioni, i due si diressero verso l'uscita della Galleria, consapevoli che ogni passo li avvicinava sempre più alla verità, ma anche al pericolo.

Capitolo 5
Ombre del Passato.

5.1

Rivelazioni Sconvolgenti.

La mattina seguente, nel piccolo ufficio di Tommaso Vezzi, l'aria era densa di aspettativa. I due investigatori, Tommaso e Alice, si erano riuniti per analizzare gli indizi raccolti la notte precedente nella Galleria delle Ombre. La scoperta dei collegamenti pericolosi aveva acceso in loro un misto di ansia e determinazione.

Sul tavolo, sparsi tra tazze di caffè ormai fredde, c'erano il foglio bruciato trovato da Alice, le foto scattate da Tommaso, e appunti su vari aspetti del mistero. Tommaso era concentrato su un particolare nome elencato sul foglio, uno che continuava a ricorrere nelle sue ricerche: Giovanni Moretti, un nome che sembrava essere il collegamento mancante.

"Giovanni Moretti," mormorò Tommaso, "era il nonno di Elena, la donna che ci ha mostrato la stanza segreta. E se lui fosse la chiave di tutto questo?"

Alice, che ascoltava attentamente, sentì un brivido lungo la schiena. "E se fosse stato lui a lasciare l'orologio? Forse stava cercando di comunicarci qualcosa."

Decisero di confrontare Elena con questa nuova informazione. Una volta arrivati alla stanza segreta, furono accolti dalla stessa atmosfera di mistero e segretezza. Elena li aspettava, il volto segnato da una preoccupazione che sembrava profondarsi a ogni loro visita.

Tommaso le mostrò il foglio bruciato e le parlò delle loro scoperte. "Elena, pensiamo che tuo nonno, Giovanni, potrebbe essere stato coinvolto in modo più profondo di quanto immaginavamo."

Elena impallidì leggermente, poi con voce tremante rispose: "Mio nonno mi ha lasciato più di una stanza segreta e vecchi libri. Mi ha lasciato un'eredità di segreti e…. responsabilità. Sì, era profondamente coinvolto."

Le sue parole erano cariche di un senso di fatalismo. "Mio nonno era convinto che qualcosa di grande e pericoloso si nascondesse nella Galleria. Era ossessionato dall'idea di proteggere qualcosa, un segreto che credeva potesse cambiare il destino della città."

Tommaso e Alice si scambiarono uno sguardo. "Che tipo di segreto?" chiese Alice.

Elena si diresse verso una libreria, estraendo un vecchio tomo polveroso. "Questo," disse, aprendolo su una pagina segnata. "Mio nonno credeva che la Galleria fosse costruita su qualcosa di antico, un luogo di potere che molti avevano cercato di sfruttare nei secoli. Un luogo che doveva essere protetto a ogni costo."

Le pagine del libro mostravano disegni di antichi simboli e mappe dettagliate della Galleria e delle sue fondamenta, con annotazioni scritte a mano da Giovanni Moretti. Alcuni di questi simboli corrispondevano a quelli trovati da Tommaso e Alice.

"Secondo mio nonno, questi simboli non sono solo decorazioni," continuò Elena. "Sono una sorta di codice, un modo per accedere a qualcosa di nascosto all'interno della Galleria. Lui non ha mai scoperto cosa fosse, ma era certo che avesse un potere enorme."

La rivelazione lasciò Tommaso e Alice sbigottiti. L'idea che la Galleria potesse nascondere un segreto di tale portata era al di là di ogni loro ipotesi.

"Mio nonno era convinto che qualcuno avrebbe cercato di sfruttare questo potere," disse Elena. "E temo che ciò stia accadendo ora. L'orologio, i simboli, le persone che si aggirano di notte... tutto sembra collegarsi."

Tommaso chiuse il libro con cautela. "Dobbiamo scoprire cosa c'è sotto la Galleria prima che sia troppo tardi. Qualunque sia questo segreto, è chiaro che c'è qualcuno disposto a tutto per ottenerlo."

Con un senso di urgenza crescente, decisero di approfondire le ricerche, esplorando i sotterranei della Galleria con una nuova prospettiva. Ora che sapevano cosa cercare, potevano iniziare a svelare il mistero sepolto da secoli sotto i piedi di migliaia di ignari visitatori.

Mentre lasciavano la stanza segreta, Tommaso si fermò un attimo, guardando indietro. "Grazie, Elena. Senza il tuo aiuto, saremmo ancora al buio."

Elena annuì con un sorriso triste. "Mio nonno voleva proteggere la Galleria a tutti i costi. Spero che riusciate a scoprire la verità prima che sia troppo tardi."

5.2

Vecchie Storie, Nuovi Indizi.

Era una sera umida e fredda quando Tommaso Vezzi e Alice Moretti entrarono nella biblioteca comunale di Lucemont, armati di taccuini e di una determinazione incrollabile. Dopo le rivelazioni di Elena, era diventato chiaro che per svelare i segreti della Galleria delle Ombre, dovevano immergersi nella storia della città, scavando a fondo nelle sue radici più antiche.

La biblioteca era un edificio antico, con alti soffitti e scaffali di legno carichi di volumi polverosi. L'odore di carta invecchiata e inchiostro riempiva l'aria, mescolandosi con il leggero ticchettio della pioggia contro le vetrate.

Tommaso e Alice iniziarono la loro ricerca consultando vecchi archivi e manoscritti, cercando qualsiasi riferimento alla Galleria delle Ombre o ai simboli che avevano scoperto. Le ore trascorrevano mentre sfogliavano pagine ingiallite e documenti dimenticati, cercando indizi nascosti tra le righe.

Fu Alice a trovare il primo indizio significativo: un articolo di giornale vecchio di decenni, che parlava di un misterioso incidente avvenuto durante la costruzione della Galleria.

Secondo l'articolo, un gruppo di operai era scomparso senza lasciare traccia in una sezione sotterranea appena scavata. L'incidente era stato rapidamente insabbiato, e non vi erano ulteriori indagini.

"Guarda questo, Tommaso," disse Alice, indicando l'articolo. "Potrebbe essere collegato a ciò che Elena ci ha detto? Forse quegli operai hanno trovato qualcosa... qualcosa che non dovevano vedere."

Tommaso lesse l'articolo con attenzione, la mente già al lavoro per collegare i nuovi dati ai loro precedenti ritrovamenti. "Potrebbe essere un'altra parte del puzzle. Dobbiamo scavare più a fondo."

Continuarono a cercare, e dopo un'altra ora di ricerca, Tommaso trovò un vecchio diario appartenuto a un architetto della città. Nelle sue pagine, l'architetto descriveva dettagliatamente il progetto della Galleria delle Ombre, menzionando specifiche sezioni sotterranee che sembravano non avere alcuna funzione pratica. Inoltre, faceva riferimento a "antichi manufatti" trovati durante gli scavi, che avevano suscitato il suo interesse ma che erano stati rapidamente rimossi dal sito.

"Questo potrebbe essere ciò che cercavamo," disse Tommaso, chiudendo il diario con cura. "Queste sezioni sotterranee... potrebbero essere il luogo dove si nasconde il segreto. E questi manufatti... potrebbero essere la chiave per capire cosa sia realmente la Galleria."

Con l'entusiasmo rinnovato dalla scoperta, decisero di tornare alla Galleria per esplorare le aree menzionate nel diario. La notte era ormai avanzata, e la biblioteca stava per chiudere, ma il loro spirito di ricerca era più acceso che mai.

Mentre camminavano verso la Galleria, Alice rifletté ad alta voce: "Se gli operai scomparvero nel nulla e questi manufatti furono rimossi in fretta, allora qualcuno sapeva già dell'importanza di quel luogo. Qualcuno che forse sta ancora cercando di proteggere quel segreto."

Tommaso annuì. "Elena disse che suo nonno era ossessionato dalla protezione della Galleria. Forse non era l'unico. Dobbiamo stare attenti. Se quello che sospettiamo è vero, non siamo gli unici a cercare risposte."

Arrivati alla Galleria, trovarono il modo di entrare senza attirare attenzioni. La loro destinazione era una sezione sotterranea specifica, poco conosciuta e raramente frequentata. Armati di torce e di una mappa tracciata da Tommaso basata sulle informazioni del diario, si inoltrarono nei corridoi bui e silenziosi sotto la Galleria.

Man mano che si addentravano, l'aria si faceva più fredda e l'atmosfera più inquietante. I corridoi sembravano condurli sempre più in profondità, in un mondo dimenticato dove il tempo sembrava essersi fermato.

Dopo diversi minuti di cammino, giunsero infine a una porta nascosta dietro a un vecchio pannello. Con un misto di eccitazione e apprensione, Tommaso la aprì. Dietro la porta, trovarono una stanza segreta, le pareti ricoperte di simboli antichi che risplendevano debolmente alla luce delle loro torce.

In mezzo alla stanza, c'era un altare di pietra, e su di esso giaceva un oggetto avvolto in un panno polveroso. Con mani tremanti, Tommaso sollevò il panno, rivelando un antico artefatto che sembrava emanare una luce propria.

Alice si avvicinò, i suoi occhi riflettendo lo stupore e la meraviglia. "Cosa abbiamo trovato, Tommaso?"

Tommaso, ancora incapace di credere ai suoi occhi, sussurrò: "La risposta a tutti i nostri quesiti. E forse, l'inizio di qualcosa di ancora più grande."

Capitolo 6
Il Gioco si Intensifica.

6.1
Trappole e Inganni.

Dopo la scoperta dell'antico artefatto nella stanza segreta sotto la Galleria delle Ombre, Tommaso Vezzi e Alice Moretti si resero conto che il loro cammino era diventato ancora più pericoloso. Era chiaro che si erano addentrati in un gioco di potere e misteri che superava ogni loro previsione.

Tornati al centro commerciale con l'intenzione di esplorare ulteriormente, si trovarono di fronte a una realtà inattesa. Mentre si avvicinavano al negozio "Eclisse", si accorsero che l'atmosfera era cambiata. C'era un'aria di tensione, quasi palpabile, e i volti dei dipendenti e dei clienti sembravano velati da un'insolita preoccupazione.

"Qualcosa non va," sussurrò Alice, osservando con attenzione i dintorni. "Sembrano tutti nervosi, come se aspettassero qualcosa... o qualcuno."

Tommaso annuì, condividendo la sua preoccupazione. "Dobbiamo essere cauti. Qualcuno potrebbe aver scoperto che stiamo indagando."

Decisero di dividere le loro forze: Tommaso avrebbe continuato a indagare nei sotterranei, mentre Alice avrebbe tenuto d'occhio la situazione nel centro commerciale. Prima di separarsi, Tommaso le diede un piccolo trasmettitore. "Usa questo se ti trovi in difficoltà," disse. "Non possiamo permetterci di abbassare la guardia."

Mentre Tommaso si addentrava nuovamente nei corridoi sotterranei, Alice iniziò a osservare discretamente le persone intorno a lei. Notò un gruppo di individui che sembravano fuori luogo, vestiti in modo troppo formale per una semplice visita al centro commerciale. Si muovevano con uno scopo, controllando ogni angolo, come se stessero cercando qualcosa... o qualcuno.

Nel frattempo, Tommaso, nei sotterranei, si imbatté in una serie di trappole che non erano state attive nelle loro precedenti esplorazioni. Era chiaro che qualcuno aveva predisposto quegli ostacoli per impedire ulteriori indagini. Con abilità e cautela, riuscì a evitare le trappole, ma capì che il livello di pericolo era aumentato esponenzialmente.

All'improvviso, il trasmettitore nella tasca di Tommaso crepitò. Era la voce di Alice, tesa e preoccupata. "Tommaso, abbiamo un problema. Quegli individui... stanno cercando te. Hanno foto e descrizioni. Devi uscire di qui ora."

Capendo la gravità della situazione, Tommaso si diresse rapidamente verso l'uscita più vicina, consapevole che ogni passo poteva essere l'ultimo. Mentre emergeva dai sotterranei, si rese conto che la situazione era diventata una corsa contro il tempo

. Doveva agire velocemente per scoprire chi stava dietro a questi inganni e quale fosse il loro fine ultimo.

Nel frattempo, Alice, mescolandosi tra la folla, seguiva da lontano gli individui sospetti. Notò che uno di loro teneva in mano qualcosa che assomigliava a un piccolo dispositivo elettronico, che sembrava usare per tracciare la posizione di qualcuno.

Alice contattò Tommaso tramite il trasmettitore. "Attenzione, potrebbero averti rintracciato. Cambia percorso."

Tommaso, mentre si faceva strada tra i corridoi della Galleria, si rese conto che ogni mossa doveva essere calcolata con attenzione. La Galleria non era più solo un luogo di misteri nascosti, ma era diventata un campo minato, dove ogni decisione poteva avere conseguenze letali.

Mentre si nascondeva in un angolo buio, ascoltando i passi degli inseguitori passare vicino a lui, Tommaso capì che doveva trovare un modo per capovolgere la situazione. Doveva trasformare la caccia in un gioco di astuzia, dove lui era il cacciatore.

Con un piano in mente, Tommaso si diresse verso un'uscita secondaria, sperando di sfuggire inosservato. Una volta fuori dalla Galleria, contattò Elena per informarla degli ultimi sviluppi e per chiederle ulteriore aiuto.

"Devo incontrarti," disse Tommaso. "Hanno scoperto che sto indagando e ora sono nel mirino. Abbiamo bisogno di scoprire chi è dietro a tutto questo prima che sia troppo tardi."

Elena accettò di incontrarlo in un luogo sicuro, lontano dalla Galleria, per discutere del da farsi. Mentre Tommaso si allontanava velocemente dalla Galleria delle Ombre, sapeva che il pericolo era lontano dall'essere scongiurato. Ma era anche consapevole che ora, più che mai, era vicino a scoprire la verità.

6.2

Un Incontro Inatteso.

La notte aveva ormai avvolto la città di Lucemont in un velo di mistero e silenzio. Tommaso Vezzi si trovava in un piccolo bar, lontano dalla Galleria delle Ombre, attendendo l'incontro con Elena. Le ultime ore erano state un turbinio di eventi, e la tensione era palpabile. Mentre aspettava, il suo pensiero tornava costantemente ad Alice, rimasta a sorvegliare la situazione alla Galleria.

Elena arrivò in fretta, il suo volto mostrava chiari segni di preoccupazione. Si sedette di fronte a Tommaso, i suoi occhi scrutando l'ambiente circostante. "Come stai?" chiese, la sua voce bassa e urgente.

"Sto bene, ma la situazione si sta complicando," rispose Tommaso. "Sono stato seguito e ora so che qualcuno sta cercando di fermarmi."

Elena annuì gravemente. "Ho paura che tu abbia scoperto qualcosa che qualcuno desiderava rimanesse nascosto. Ma ora che siamo così vicini alla verità, non possiamo fermarci."

Prima che potessero continuare la loro conversazione, un rumore alla porta li fece voltare. Entrò una figura familiare: era Marco, il collega di Alice dal negozio "Eclisse". Sembrava agitato, i suoi occhi cercavano freneticamente qualcuno nella stanza.

"Marco?" esclamò Alice, sorpresa e confusa. "Cosa ci fai qui?"

Marco si avvicinò rapidamente al loro tavolo, guardandosi alle spalle. "Devo parlarvi," disse con voce affannata. "È importante. Riguarda la Galleria e... e ciò che sta accadendo."

Tommaso ed Elena scambiarono uno sguardo carico di domande. "Parla," disse Tommaso, invitandolo a sedersi.

Marco prese un respiro profondo prima di iniziare. "Ci sono persone all'interno della Galleria che stanno cercando di trovare qualcosa. Qualcosa di molto antico e potente. Io... io so cosa stanno cercando."

Le parole di Marco catturarono immediatamente l'attenzione di Tommaso ed Elena. "Continua," incitò Tommaso.

"Si tratta di un artefatto, un oggetto che mio nonno mi aveva parlato. Lui lavorava alla costruzione della Galleria e mi aveva raccontato di un ritrovamento segreto, un manufatto antico che avevano trovato e poi nascosto. Ma ora qualcuno sta cercando di recuperarlo."

Tommaso si rese conto che le informazioni di Marco potrebbero essere la chiave per comprendere il mistero che avvolgeva la Galleria.

"Sai dove si trova questo artefatto ora?" chiese, conscio che ogni dettaglio poteva essere cruciale.

Marco scosse la testa. "No, mio nonno non mi ha mai detto dove fosse nascosto. Ma mi ha avvertito che doveva rimanere segreto. Era convinto che, se fosse caduto nelle mani sbagliate, avrebbe potuto causare un grande danno."

Elena interruppe, collegando i punti. "Questo deve essere lo stesso artefatto che mio nonno cercava di proteggere. Forse è collegato al potere antico di cui parlava."

Tommaso rifletté rapidamente. "Se così fosse, dovremmo trovarlo prima di chiunque altro. Potrebbe essere la chiave per svelare l'intero mistero della Galleria."

L'incontro inatteso con Marco aveva aggiunto un nuovo livello di complessità alla loro indagine. Ora, più che mai, era essenziale agire con cautela e velocità.

"Grazie, Marco," disse Tommaso. "La tua informazione potrebbe essere decisiva. Per ora, è meglio che tu resti lontano dalla Galleria. Noi cercheremo di trovare questo artefatto."

Marco annuì, chiaramente sollevato di aver condiviso il suo segreto. Dopo aver assicurato che avrebbe mantenuto il silenzio su quanto detto, si alzò e lasciò il bar.

Una volta soli, Tommaso ed Elena discussero del da farsi. Decisero di incontrare Alice il giorno seguente per pianificare il loro prossimo passo, consapevoli che ogni mossa doveva essere ponderata con attenzione.

Mentre uscivano dal bar, Tommaso sentì il peso della responsabilità sulle sue spalle. La Galleria delle Ombre nascondeva segreti che andavano oltre ogni immaginazione, e ora era compito loro portarli alla luce, prima che fosse troppo tardi.

Capitolo 7
Verità Nascoste.

7.1

Il Diario Perduto.

La mattina successiva, Tommaso Vezzi, Alice Moretti ed Elena si incontrarono in un caffè appartato, lontano dalla frenesia della Galleria delle Ombre. Dopo l'incontro inatteso con Marco la sera precedente, si erano resi conto che il tempo a loro disposizione stava per scadere. Dovevano agire velocemente.

"Abbiamo bisogno di più informazioni sull'artefatto e su dove potrebbe essere nascosto," disse Tommaso, aprendo il suo taccuino. "Marco ha menzionato un diario appartenuto a suo nonno. Potrebbe contenere indizi cruciali."

Elena annuì. "Sì, e penso di sapere dove possiamo trovarlo. Mio nonno teneva un archivio di vecchi documenti e oggetti personali. Se il diario fosse ancora esistente, potrebbe essere lì."

Decisero di recarsi insieme all'archivio, situato in una vecchia dependance della casa di famiglia di Elena. Il posto era un angolo dimenticato del tempo, pieno di scatole impolverate, vecchi mobili e libri.

Iniziarono a cercare tra gli oggetti, sperando di trovare il diario perduto. Dopo un'ora di ricerche infruttuose, Alice si imbatté in una scatola di legno sigillata. Con un senso di anticipazione, la aprì e trovò una serie di vecchi diari e documenti.

Uno dei diari attirò la sua attenzione. Era di piccole dimensioni, con una copertina in pelle logorata e pagine ingiallite. "Potrebbe essere questo?" chiese, mostrandolo a Tommaso ed Elena.

Elena lo prese in mano, sfogliando delicatamente le pagine. "Questo è il diario di Giovanni Moretti, il nonno di Marco," confermò, riconoscendo la calligrafia. "Potrebbe contenere le risposte che cerchiamo."

Si sedettero insieme, leggendo il diario alla luce fioca che filtrava attraverso una finestra polverosa. Le pagine erano piene di annotazioni su lavori nella Galleria, incontri segreti e riferimenti criptici a un artefatto misterioso.

"Guardate qui," disse Tommaso, indicando un passaggio. "Parla di una stanza segreta sotto la Galleria, un luogo dove l'artefatto era tenuto al sicuro. E menziona anche una serie di meccanismi di sicurezza che proteggevano l'accesso."

Elena si passò una mano tra i capelli. "Mio nonno sapeva di questa stanza, ma non ne conosceva la posizione esatta. Questo diario potrebbe essere la chiave per trovarla."

Armato delle nuove informazioni, il trio pianificò di ritornare alla Galleria quella stessa notte. Dovevano trovare la stanza segreta menzionata nel diario e scoprire cosa nascondesse.

Mentre il giorno sfumava nella sera, l'eccitazione e l'ansia crebbero. Erano consapevoli che avrebbero potuto trovarsi di fronte a pericoli imprevisti, soprattutto ora che sapevano di essere osservati da forze nascoste.

Arrivati alla Galleria dopo l'orario di chiusura, si diressero verso i sotterranei, usando le indicazioni del diario per guidarsi. I corridoi bui erano pervasi da un'atmosfera di mistero e pericolo. Ogni passo riecheggiava tra le pareti silenziose, mentre cercavano indizi che li potessero condurre alla stanza segreta.

Dopo diversi tentativi falliti e vicoli ciechi, Alice notò qualcosa di insolito in una delle pareti del corridoio. C'era una leggera differenza nella texture che, a un occhio meno attento, sarebbe passata inosservata.

"Qui, guardate," disse, toccando la parete. "Sembra quasi che ci sia un passaggio nascosto."

Tommaso esaminò la zona più attentamente e trovò un piccolo meccanismo, quasi completamente nascosto alla vista. Con un movimento preciso, lo attivò. Un rumore sordo risuonò e una sezione della parete si spostò lentamente, rivelando un passaggio segreto.

Il cuore di Tommaso batteva forte mentre lui, Alice ed Elena entravano nel passaggio nascosto. La stanza che si aprì davanti a loro era piccola, le pareti ricoperte di antichi simboli. Al centro, su un piedistallo, giaceva un artefatto che brillava di una luce tenue e misteriosa.

"È questo," sussurrò Elena, la voce carica di stupore. "L'artefatto di cui parlava mio nonno."

Tommaso si avvicinò con cautela, osservando l'oggetto. Era chiaramente antico, forse di origine sconosciuta, e sembrava emanare un'energia che poteva essere avvertita fisicamente.

In quel momento, si resero conto che avevano trovato ciò che molti avevano cercato per anni. Ma con quella scoperta, sapevano anche che il pericolo era ora maggiore che mai. Dovevano decidere il da farsi, consapevoli che ogni scelta avrebbe avuto conseguenze immense.

7.2

Confessioni Notturne.

Dopo la scoperta dell'antico artefatto nella stanza segreta, Tommaso, Alice ed Elena si ritrovarono nel solito caffè appartato per discutere del loro prossimo passo. L'aria era carica di tensione, con l'eco della loro incredibile scoperta ancora a ronzare nelle loro menti.

Mentre sorseggiavano i loro caffè in silenzio, una figura familiare apparve all'ingresso del caffè. Era Marco, il collega di Alice, il cui volto sembrava segnato da una decisione difficile. Senza esitare, si avvicinò al loro tavolo.

"Devo parlarvi," disse Marco con un tono urgente. "Ho... ho delle confessioni da fare. Riguardano la Galleria e ciò che sta accadendo."

Tommaso, Alice ed Elena si scambiarono sguardi sorpresi ma attenti. "Siediti, Marco," invitò Tommaso. "Parlaci."

Marco prese posto, sembrando combattere con le parole. "Mio nonno... mi ha raccontato storie sulla Galleria, storie che ho sempre pensato fossero fantasie di un vecchio. Ma dopo quello che è successo recentemente, ho capito che era tutto vero."

Respirò profondamente prima di continuare. "Mio nonno era coinvolto in una sorta di società segreta, un gruppo che proteggeva la Galleria e i suoi segreti. L'artefatto che avete trovato... fa parte di quei segreti. È più di un semplice oggetto; ha un potere che non possiamo comprendere."

Alice lo interruppe: "Ma perché non ci hai detto prima di tuo nonno e della società segreta?"

Marco abbassò lo sguardo. "Avevo paura. Paura di cosa potrebbe significare, paura delle conseguenze. Ma ora... ora so che devo aiutarvi. Quello che sta succedendo nella Galleria... potrebbe essere pericoloso per tutti."

Tommaso pose una mano sul tavolo. "Hai ragione, Marco. E apprezziamo la tua sincerità. Ora più che mai, dobbiamo agire con cautela."

Elena intervenne, la sua voce ferma. "Dobbiamo decidere cosa fare con l'artefatto. Se ha veramente il potere di cui parla Marco, dobbiamo assicurarci che non cada nelle mani sbagliate."

"Concordo," disse Tommaso. "Ma prima, dobbiamo scoprire di più su questo potere e su come controllarlo o neutralizzarlo. Non possiamo rischiare di scatenare qualcosa che non siamo in grado di gestire."

La conversazione si protrasse per ore, mentre formulavano piani

e consideravano ogni possibile scenario. Era chiaro che si trovavano di fronte a una situazione senza precedenti, un mistero che si intrecciava con la storia stessa della città e oltre.

Dopo aver discusso a lungo, decisero di portare l'artefatto in un luogo sicuro, dove potesse essere studiato e protetto. Elena propose di usare una vecchia proprietà di famiglia, un luogo isolato e ben protetto, perfetto per nascondere qualcosa di così prezioso e pericoloso.

Mentre si preparavano a lasciare il caffè, Alice si fermò un attimo, riflettendo sulle parole di Marco. "Non è solo l'artefatto che dobbiamo proteggere," disse. "Dobbiamo anche proteggere la verità dietro la Galleria. Se ci sono altre persone coinvolte, altri che sanno dei suoi segreti, dobbiamo scoprire chi sono e quali sono le loro intenzioni."

Tommaso annuì, condividendo la sua preoccupazione. "Hai ragione, Alice. Questa è solo la punta dell'iceberg. C'è molto di più sotto la superficie, e dobbiamo essere pronti a scoprire cosa sia."

Con un piano d'azione in mente e una nuova determinazione, lasciarono il caffè, pronti ad affrontare le sfide che li attendevano. La notte nascondeva ancora molti segreti, ma ora avevano una direzione, una missione da compiere.

Capitolo 8
Corsa contro il Tempo.

8.1

Il Complotto si Svela.

Nel cuore della notte, all'interno di un ufficio nascosto nei sotterranei della Galleria delle Ombre, Tommaso, Alice ed Elena si trovarono di fronte a una scoperta sconvolgente. Mentre analizzavano i documenti raccolti nei giorni precedenti, una serie di collegamenti iniziò a emergere, tessendo una trama più oscura e complessa di quanto avessero immaginato.

"Guardate questo," disse Tommaso, indicando una serie di nomi e fotografie sparse sul tavolo. "Questi non sono semplici commercianti o politici locali. Sono membri di una società segreta che ha manipolato gli eventi della Galleria per anni."

Alice, con gli occhi fissi sui documenti, sentì un freddo gelo percorrere la schiena. "Stai dicendo che tutto ciò che è successo... gli incidenti, le scomparse, erano tutti collegati a questo gruppo?"

Elena, che stava sfogliando un vecchio registro, annuì gravemente. "E non solo. Questi documenti suggeriscono che il loro interesse per la Galleria va oltre il semplice controllo economico. Stanno cercando qualcosa di molto più antico e potente."

Le pagine del registro erano piene di riferimenti criptici a incontri segreti, transazioni sospette e ordini diretti da figure di alto rango all'interno della società segreta. Era chiaro che il complotto era radicato profondamente nel tessuto della città.

"Questo cambia tutto," disse Tommaso, la voce tesa. "Non stiamo solo cercando di proteggere un artefatto antico. Stiamo lottando contro una forza che ha le sue radici nel potere e nella corruzione."

La stanza era pervasa da una tensione palpabile. Si resero conto che la lotta per la verità li avrebbe messi contro avversari potenti e senza scrupoli. Ogni loro mossa da quel momento in poi doveva essere calcolata con estrema cautela.

"Come possiamo agire?" chiese Alice, determinata ma preoccupata. "Dobbiamo esporre questa società segreta, ma come possiamo farlo senza metterci in pericolo?"

Elena chiuse il registro, fissando i suoi compagni con un'espressione risoluta. "Dobbiamo trovare alleati, persone di cui possiamo fidarci. E dobbiamo raccogliere più prove possibili per smascherare pubblicamente questo complotto."

Con una nuova missione chiara, decisero di dividere i loro compiti: Tommaso avrebbe continuato a indagare sui membri della società segreta, Alice avrebbe cercato alleati affidabili, e Elena avrebbe esaminato ulteriormente i documenti per trovare più prove del complotto.

Mentre si preparavano a lasciare la stanza segreta, Tommaso si fermò un attimo, guardando i suoi compagni. "Dobbiamo essere pronti a tutto," disse con serietà. "Una volta che inizieremo a smascherare questo complotto, non ci sarà più ritorno. Siamo tutti d'accordo?"

Alice e Elena annuirono, condividendo la stessa determinazione. Erano consapevoli dei rischi, ma sapevano anche che la verità doveva venire alla luce. Era una battaglia non solo per la Galleria delle Ombre, ma per l'intera città di Lucemont.

Uscendo dalla Galleria nelle prime ore del mattino, sentivano il peso della responsabilità sulle loro spalle. Ma insieme, avevano la forza e il coraggio per affrontare qualsiasi sfida si presentasse sul loro cammino.

8.2

L'Ultima Mossa.

La situazione stava raggiungendo il suo culmine. Tommaso, Alice ed Elena si erano riuniti in un luogo sicuro, lontano dalla Galleria delle Ombre, per pianificare la loro ultima mossa. Avevano raccolto prove sufficienti per smascherare il complotto, ma sapevano che svelare la verità avrebbe comportato grandi rischi.

"Abbiamo una sola opportunità per fare questo nel modo giusto," disse Tommaso, scrutando i volti dei suoi compagni. "Una volta che andremo pubblici con queste informazioni, le cose cambieranno rapidamente. Dobbiamo essere pronti per ogni evenienza."

Alice annuì, la sua espressione era seria ma determinata. "Ho contattato alcuni giornalisti di fiducia. Sono pronti a pubblicare la storia non appena daremo loro il via."

Elena, che aveva trascorso gli ultimi giorni esaminando i documenti, aggiunse: "E ho trovato qualcosa che potrebbe essere la prova definitiva contro questa società segreta. Documenti che collegano direttamente alcuni membri di alto livello alle attività illecite nella Galleria."

Con un piano in mente, decisero di agire quella stessa sera. Avrebbero incontrato i giornalisti in un luogo sicuro, consegnato loro le prove e poi atteso che la storia venisse pubblicata. Sapevano che, una volta esposta la verità, sarebbero diventati bersagli, ma erano pronti a correre quel rischio.

La sera stessa, in una stanza riservata di un piccolo hotel, Tommaso, Alice ed Elena si incontrarono con i giornalisti. Consegnarono loro le prove, spiegando ogni dettaglio del complotto e il pericolo che rappresentava per la città.

I giornalisti erano sbigottiti ma capirono la gravità della situazione. Promisero di agire rapidamente, garantendo che la storia sarebbe stata sulla prima pagina il giorno seguente.

Dopo l'incontro, mentre uscivano dall'hotel, Tommaso sentì un'ondata di sollievo mista a tensione. "Abbiamo fatto la nostra parte," disse. "Ora spetta alla verità fare la sua."

Ma proprio mentre si stavano allontanando, un'auto si fermò bruscamente davanti a loro. Dall'auto scesero diverse figure incappucciate, chiaramente non lì per amichevoli saluti.

Rapidamente, Tommaso, Alice ed Elena si trovarono circondati. Un uomo, il volto parzialmente nascosto da un cappuccio, fece un passo avanti. "Pensavate davvero di poterci fermare così facilmente?" la sua voce era fredda e minacciosa.

Tommaso capì che quella era la loro ultima mossa, un confronto diretto con coloro che avevano cercato di mantenere i segreti della Galleria. Guardando i suoi compagni, sapeva che dovevano affront

are quella sfida insieme, indipendentemente dalle conseguenze.

"Non abbiamo paura di voi," rispose fermamente Tommaso. "La verità verrà a galla, non importa cosa farete per impedirlo."

L'uomo incappucciato rise amaramente. "Siete solo pedine in un gioco molto più grande. Non avete idea delle forze con cui state giocando."

In quel momento, una delle figure estrasse qualcosa che sembrava essere un'arma. Tuttavia, prima che potesse agire, luci abbaglianti inondarono la scena e sirene squillarono nell'aria. La polizia, allertata da una chiamata anonima, era arrivata giusto in tempo.

Gli uomini incappucciati furono rapidamente disarmati e arrestati, mentre Tommaso, Alice ed Elena venivano portati in salvo. Mentre si allontanavano, videro i volti sorpresi degli uomini mentre venivano caricati sulle auto della polizia.

La storia, una volta pubblicata, scosse la città di Lucemont. Le rivelazioni sul complotto, la società segreta e la verità dietro la Galleria delle Ombre divennero l'argomento principale di conversazione. Le persone coinvolte nel complotto vennero portate alla giustizia, e la Galleria delle Ombre fu vista sotto una nuova luce.

Per Tommaso, Alice ed Elena, quella era stata più di una semplice indagine. Era stata una lotta per la verità e la giustizia, un viaggio che aveva cambiato la loro vita per sempre.

Capitolo 9
Luci nell'Ombra.

9.1

Risoluzioni e Conseguenze.

Nei giorni successivi alla pubblicazione della storia, la città di Lucemont sembrò trasformarsi. La rivelazione del complotto che si celava dietro la Galleria delle Ombre aveva scosso profondamente la comunità, portando alla luce verità a lungo nascoste e innescando una serie di cambiamenti.

Tommaso, Alice ed Elena si ritrovarono nuovamente nel loro caffè preferito, ma questa volta l'atmosfera era diversa. C'era un senso di sollievo e di realizzazione, nonostante la consapevolezza delle difficoltà ancora presenti.

"Non posso credere che sia finalmente finita," disse Alice, sorseggiando il suo caffè. "Abbiamo smascherato la verità, ma a quale costo?"

Tommaso annuì pensieroso. "È vero, abbiamo esposto il complotto e molti di quelli coinvolti sono stati arrestati. Ma la Galleria... non sarà mai più la stessa. E nemmeno noi."

Elena guardò fuori dalla finestra, osservando le persone che passavano. "La Galleria delle Ombre è stata una parte così importante della nostra città. Ora che i suoi segreti sono stati svelati, spero che possa trovare una nuova vita, libera dall'influenza di quelle forze oscure."

La conversazione si spostò poi sul futuro. Dopo tutto quello che era successo, c'era la necessità di guardare avanti, di ricostruire e di trovare un nuovo scopo.

"Penso che continuerò a lavorare come investigatore," disse Tommaso. "C'è ancora tanto da fare per assicurare che giustizia sia fatta. E credo che ci siano altre storie, altri misteri da scoprire in questa città."

Alice annuì con determinazione. "E io sarò al tuo fianco. Questa esperienza mi ha fatto capire quanto sia importante cercare la verità. Forse potrei anche considerare di diventare un'investigatrice anch'io."

Elena sorrise. "E io farò del mio meglio per preservare l'eredità della mia famiglia e per assicurarmi che la Galleria delle Ombre diventi un luogo di cultura e di apprendimento, non più avvolto nelle ombre del mistero."

Mentre il sole iniziava a tramontare, il trio si rese conto che, nonostante le difficoltà e le sfide affrontate, avevano instaurato un legame indissolubile. Avevano lottato insieme per la verità e, attraverso quella lotta, avevano scoperto una forza interiore che non sapevano di possedere.

La storia della Galleria delle Ombre sare

bbe diventata una parte del tessuto storico di Lucemont, un ricordo di coraggio, determinazione e della costante ricerca della verità. Per Tommaso, Alice ed Elena, era l'inizio di una nuova fase delle loro vite, un capitolo che avrebbero scritto insieme, affrontando qualsiasi sfida si presentasse sul loro cammino.

Mentre lasciavano il caffè, si promisero di rimanere vigili, pronti a difendere la giustizia e a svelare i misteri che ancora attendevano di essere scoperti. La Galleria delle Ombre era stata solo l'inizio.

9.2

Nuovi Inizi.

I giorni che seguirono la rivelazione del complotto e il ritorno alla normalità nella Galleria delle Ombre furono come un respiro di aria fresca per Lucemont. Per Tommaso Vezzi, Alice Moretti ed Elena, quei giorni segnarono l'inizio di un nuovo capitolo nelle loro vite.

In una mattina luminosa e promettente, i tre si trovarono seduti in un caffè con vista sulla rinnovata Galleria. Mentre osservavano la gente passeggiare tra i negozi e i nuovi spazi espositivi, riflettevano sui cambiamenti non solo nella Galleria, ma anche nelle loro vite.

"Non avrei mai immaginato un finale così per la nostra avventura," disse Alice, con un sorriso. "Guarda quanto bene è stato fatto qui. La Galleria è diventata un simbolo di speranza."

Elena, che aveva giocato un ruolo chiave nella trasformazione della Galleria, annuì. "È vero, ma non dimentichiamo le lezioni che abbiamo imparato. I segreti che abbiamo scoperto ci hanno insegnato quanto sia importante cercare sempre la verità."

Tommaso guardò i suoi amici, il suo volto segnato da una nuova determinazione. "E ora? Cosa faremo?" chiese.

"Ci sono ancora tante storie inesplorate in questa città," rispose Alice. "E io intendo scoprirle. Questa esperienza mi ha cambiato. Voglio continuare a investigare, a svelare i misteri."

Elena sorrise. "E io sarò qui per supportarvi. La Galleria sarà sempre un luogo di scoperta e di apprendimento. Chi sa quali altri segreti potremmo trovare?"

Tommaso annuì, pensieroso. "Allora, è solo l'inizio per noi. Abbiamo una città piena di storie da scoprire e io sono pronto a continuare questo viaggio."

Finendo i loro caffè, si alzarono, pronti a affrontare le nuove sfide che li attendevano. Mentre lasciavano il caffè, si promisero di rimanere uniti, di affrontare insieme le avventure future.

La Galleria delle Ombre, una volta un luogo di mistero e paura, era ora un simbolo di rinascita e di nuovi inizi. E per

Tommaso, Alice ed Elena, era il punto di partenza per nuove entusiasmanti avventure.